Mariana Marinho

DUDA VAI À ESCOLA

Ilustrações
Lisie De Lucca

Paulinas

Dados Internacionais de Catalogação na Publicação (CIP)
(Câmara Brasileira do Livro, SP, Brasil)

Marinho, Mariana
 Novidades na mochila : Duda vai à escola / Mariana Marinho ; ilustrações de Lisie De Lucca. - São Paulo : Paulinas, 2024.
 32 p. : il., color. (Coleção Livros divertidos ; série Cadê)

ISBN 978-65-5808-307-8

1. Literatura infantojuvenil I. Título II. Lucca, Lisie De III. Série.

24-4087 CDD 028.5

Índice para catálogo sistemático:
1. Literatura infantojuvenil

1ª edição – 2024

Direção-geral: *Ágda França*
Editora responsável: *Andréia Schweitzer*
Coordenação de revisão: *Marina Mendonça*
Copidesque: *Ana Cecilia Mari*
Revisão: *Sandra Sinzato*
Gerente de produção: *Felício Calegaro Neto*
Produção de arte: *Elaine Alves*
Ilustrações: *Lisie De Lucca*

Nenhuma parte desta obra pode ser reproduzida ou transmitida por qualquer forma e/ou quaisquer meios (eletrônico ou mecânico, incluindo fotocópia e gravação) ou arquivada em qualquer sistema ou banco de dados sem permissão escrita da Editora. Direitos reservados.

Cadastre-se e receba nossas informações
paulinas.com.br
Telemarketing e SAC: 0800-7010081

Paulinas
Rua Dona Inácia Uchoa, 62
04110-020 – São Paulo – SP (Brasil)
(11) 2125-3500
editora@paulinas.com.br
© Pia Sociedade Filhas de São Paulo – São Paulo, 2024

Este livro é especialmente dedicado às famílias que viverão o período de adaptação escolar. Suas páginas contam um pouquinho sobre como as crianças descobrem as novidades, como se apegam e criam vínculos dia após dia, conforme vão superando os momentos de despedida da família e têm a grande chance de conhecer um novo espaço social, no qual também se descobrirão e farão parte de um novo grupo.

A todas as crianças que, em tão breve tempo, descobrem na escola tantas novidades, possibilidades e alegrias!

Aos professores, educadores que transformam palavras em momentos incríveis, carregados de imaginação e emoção, meu grande abraço!

ERA UMA VEZ...
ASSIM COMEÇAM AS HISTÓRIAS DE PRÍNCIPES E FADAS.

ASSIM COMEÇA TAMBÉM
A HISTÓRIA DE DUDA.

DESDE QUE NASCEU, AINDA BEBÊ,
DUDA EM TUDO QUERIA MEXER.

ENTÃO CRESCEU
E TORNOU-SE UMA CURIOSA CRIANÇA
QUE DESCOBRIA UMA NOVIDADE EM CADA CANTO,
A TODO INSTANTE.

GOSTAVA MUITO DE BRINCAR
COM SEUS BRINQUEDOS:
A CAIXA DOS CUBOS QUE EMPILHAVA,
AS MINHOCAS DE PANO QUE
PUXAVA E APERTAVA.

COMO AINDA NÃO TINHA AMIGOS,
COM SEU URSO TOBI CONVERSAVA
E SUA NANA NINA ABRAÇAVA.

ATÉ QUE UM DIA,
SEUS PAIS LHE CONTARAM UMA SURPRESA:
COMO ESTAVA CRESCIDA,
CADA VEZ MAIS SABIDA,
PRECISAVA CONHECER UM LUGAR
DIFERENTE E MUITO ESPECIAL.

É!
QUANDO AS CRIANÇAS DESCOBREM
TUDO QUE EXISTE NOS CANTINHOS DE CASA, ENTÃO...
É CHEGADA A HORA DE CONHECER
UM NOVO E COLORIDO MUNDO,
CHEIO DE PESSOAS DIFERENTES,
NOVIDADES CURIOSAS
E MOMENTOS GOSTOSOS.

ESSE LUGAR TINHA TANTAS,
MAS TANTAS NOVIDADES,
QUE DUDA ATÉ PRECISAVA DE UMA MOCHILA
PARA GUARDAR AS MARAVILHAS
QUE LOGO, LOGO CONHECERIA!

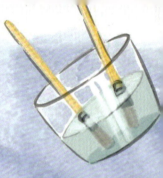

FOI ASSIM QUE, CERTO DIA, LÁ SE FOI DUDA,
DE ROUPA NOVINHA, CONHECER ESSE LUGAR.

E, AO CHEGAR ALI,
COMEÇOU LOGO A DESCOBRIR SUAS MARAVILHAS.

AREIA, PARQUE, BALDINHO,
BALANÇO, CARRINHOS, BONECOS,
MUITOS BRINQUEDOS,
CRIANÇAS...

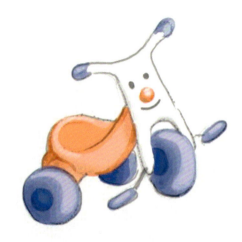

DUDA QUERIA MUITO APROVEITAR,
MAS, DE REPENTE,
SENTIU O CORAÇÃO APERTAR.

ERA SONO, SAUDADE,
RECEIO E VONTADE DE CHORAR.

MAS ENTÃO, UMA MÃOZINHA PEQUENINA
PEGOU NA SUA E DUDA OUVIU:
"VAMOS BRINCAR?".

OS DIAS SE PASSARAM
E DUDA COMEÇOU A SORRIR,
SALTAR E TAMBÉM ABRAÇAR.
OS PINCÉIS A FASCINAVAM...
QUE GOSTOSO PINTAR E AS CORES MISTURAR
ENQUANTO CANTAROLAVA:

"MEU PINCEL VOU DESLIZANDO PARA LÁ E PARA CÁ,
VEJA SÓ O COLORIDO QUE ACABO DE CRIAR!".

DESCOBRIU QUE ADORAVA A CAIXA
DOS ANIMAIS.
QUANDO APERTAVA A OVELHA,
ESCUTAVA "MÉÉÉÉÉ"!

E, ASSIM, FEZ UM MONTÃO DE AMIGOS!

DEU MUITAS RISADAS,
DESCOBRIU SUAS CANÇÕES FAVORITAS,
ESCOLHEU ENTRE PROPOSTAS, AS SUAS PREFERIDAS,
CONHECEU HISTÓRIAS INCRÍVEIS.

E ATÉ HOJE, TODOS OS DIAS, AO ACORDAR, A PERGUNTA É SEMPRE A MESMA:

"HOJE É DIA DE ESCOLA?".

E SEMPRE QUE ESCUTA "SIM":

"EBA!"
DIZ COM MUITA ALEGRIA.

Desde muito pequena me encantei com os livros. Lembro-me de que, ao folhear as páginas, ficava encantada com as ilustrações. Já na escola, a hora da história era uma das minhas favoritas. Mas foi quando comecei a ler que descobri o quanto esse universo era fascinante. Sou pedagoga, especializada em Educação Infantil, pós-graduada em Psicomotricidade e formadora de educadores. Ao me tornar professora, observando as crianças, percebi como os livros ajudam a compreender a vida. Sentindo falta de um livro especialmente pensado para a fase de adaptação das crianças pequenas que entram na escola, resolvi criar uma história que representasse esse momento tão importante, quando se separam das famílias para conhecer novas pessoas e fazer amigos. Assim, por Paulinas Editora, surge *Novidades na mochila – Duda vai à escola*, e nasce em mim a realização de um sonho de menina: escrever livros para crianças!

MARIANA MARINHO

Eu nasci em São Paulo, numa família típica paulistana, cheia de misturas culturais. Sou a caçula de três filhos e sempre achei que desenhar, pintar, modelar, mais do que um passatempo, era uma maneira de conhecer o mundo e expressar o que eu pensava. A escola veio só pra confirmar o que eu já sabia, já que eu amava as aulas de Arte: eu queria ser artista! E assim foi, cursei o bacharelado em Artes Visuais no Centro Universitário Belas Artes e na licenciatura me apaixonei pela Educação! Daí em diante, Arte e Educação passaram a caminhar juntas em minha busca por entender e interpretar o meu entorno e apresentar o mundo para as crianças por meio da arte e da criação. Depois disso, segui com uma pós-graduação em ensino de Arte e Cultura contemporânea pelo Centro Universitário MariAntonia, da USP e o mestrado também em Educação, na área de Currículo, pela PUC de São Paulo. Hoje atuo na gestão educacional na rede particular em São Paulo, mas sem abandonar minha paixão pela arte, pela imaginação livre, pelo pensamento criativo e solto, pelas tintas, pincéis e lápis coloridos.

LISIE DE LUCCA

MATERIAL PARA CRIAR, RECONTAR E BRINCAR

Cole, com um pedaço de fita adesiva,
um palito de sorvete atrás de cada personagem.
Duda com sua mochila, acompanhada de Tobi e Nina,
fez amigos e conheceu muitas novidades e possibilidades na escola.
Dê vida ao enredo, transformando as ilustrações em fantoches.
Use os personagens ao contar e recontar a história,
criando breves diálogos entre os amigos, brincando
e estimulando a imaginação.

Paulinas
Rua Dona Inácia Uchoa, 62
04110-020 – São Paulo – SP (Brasil)
Tel.: (11) 2125-3500
paulinas.com.br – editora@paulinas.com.br
Telemarketing e SAC: 0800-7010081